슬픔은 별보다 많지

슬픔은 별보다 많지

2024년 1월 10일 초판 1쇄 인쇄
2024년 1월 17일 초판 1쇄 발행

지은이 | 유선철
펴낸이 | 孫貞順

펴낸곳 | 도서출판 작가
　　　　(03756) 서울 서대문구 북아현로6길 50
　　　　전화 | 02)365-8111~2　팩스 | 02)365-8110
　　　　이메일 | cultura@cultura.co.kr
　　　　홈페이지 | www.cultura.co.kr
　　　　등록번호 | 제13-630호(2000. 2. 9.)

편집 | 손희 김치성 설재원
디자인 | 오경은 박근영
영업 | 박영민
관리 | 이용승

ISBN　979-11-90566-72-8 (03810)

값 12,000원

슬픔은 별보다 많지

유선철 시집

작가

뺄 것도 더할 것도 하나 없는 그 자리에

또 한 번 시답잖은 군말을 늘어놓아

빈 곳간 바람 소리만 들키는 건 아닌지

2024년 1월
유선철

차 례

2부 고요의 칼을 갈아

3부 함께 나눈 휘파람

4부 메아리가 되어볼까

5부 저 향기를 벨 순 없지

1부
매운 울음 가지 끝에

동백섬

눈 감고 외면해도

심장은 또 붉어져서

철없이 터진 울음

앞섶을 다 적십니다

바다가

다녀갔다는

소문은 들었습니다

벗, 꽃, 지다

그대 누운 저 언덕이
하르르 무너지네

켜켜이 쌓인 꽃잎
봄날의 장례 미사

죽음도
예쁠 수 있나니
정겨울 수 있나니

호랑지빠귀

잠깐 살다 가는 건데
무슨 말 그리 많아

딱 한 줄, 이게 다야
밑줄 그어 이것들아

휘이익,
외마디 소리
움찔하는 새벽하늘

시집

향기도 온기도 없는
강퍅한 삶의 궤적

좌우를 살피다가
때를 놓친 고백까지

빗물이 스미는 행간
울음 꾹꾹 눌러둔

달

달안개 가득한 날
달뜬 맘 갈앉히고
달맞이꽃 손을 잡고
달마중 나서 볼까
달무리 그늘에 앉아
달도 나도 숨죽이고

달빛에 구워내는
달룽한 실루엣들
달마다 허기지는
달항아리 채워가면
달님도 어쩌지 못할
달보드레한 우리 사이

연화지 연잎에는 눈물이 반짝인다

새벽을 실어나른 연못의 푸른 여자
치마폭에 열린 이슬 물끄러미 바라본다

좌우로 몸을 흔들면
산란하는 무지개

더 크고 탄력 있는 온음표가 되고 싶어
물방울은 물방울을 찐덥게 껴안았다

기우뚱, 흔들린 중심
풍덩 빠져 버린 사랑

하나가 되려는 건 쓸쓸의 함정이다
달팽이도 홀로 가는 이 길은 자드락길

맨발로 꽃대를 밀어
꽃봉오리 앉히는

물의 시간

팍팍한 길을 접어 아궁이에 밀어넣고
그네에 매달리면 물병자리 출렁인다
그 사이 잠은 달아나
밤이 너무 밍밍하다

거리의 통점들은 여지껏 물큰한데
떠나간 시를 찾아 한 달도 더 헤맸다
이제는 네가 날 불러
어르고 달랠 시간

양초가 몸을 녹여 제 키를 낮출 적에
은유는 쭉정이다, 날것들의 비린 변명
안으로 깊이 스며야
심장에 가 닿는 것을

목련에게

하늘을 쪼고 있는 가늘고 연한 부리
솜털 같은 어린 새의 심장을 보았어요
차가운 별빛을 물고
움켜쥐던 그 다짐도

부름켜 쓸어안고 울먹이던 지난 겨울
늘어진 그림자를 헤집던 산바람이
돌아와 숨결입니다
가는 목을 감싸는

실핏줄 더워져서 문득 생生이 궁금할 때
촉촉한 고요 속을 맨발로 걸어나와
봄 한 철 울다가세요
내 뜨락의 주인처럼

만리포가 보이는 카페*

노을에 버무려진 연주는 달콤했다
어둠이 짙을수록 명치끝 더워지고

피아노 건반을 밟고
하얀 나비 날았다

해를 삼킨 바다 앞에 원망의 말도 없이
노래는 뚜벅뚜벅 맨발로 걸어갔다

우뚝 선 등대를 돌아
선글라스 반짝이며

노래가 빛이 되어 바닷길 열어줄 때
파도는 된소리로 마음길 적셔주고

귀 밝은 사람들 모여
눈을 열고 있었다

* 시각장애인 가수 이용복님은 만리포에서 아내와 함께 라이브카페를
  운영하고 있다.

향천3리

하나 남은 금붙이도 시장에 내다 팔고
민들레, 고들빼기, 냉이 캐러 들어온 곳
밤이면 개구리 소리
달을 당겨올리는

홍매화 매운 울음 가지 끝에 매어놓고
꽃잎의 속사정을 하나둘 듣다 보면
어느새 눈꽃이 피어
사계절이 꽃밭이네

이제는 초대하자 떠돌이별 시든 꽃도
허벅진 달빛 아래 된장국 끓여놓고
여리고 시린 노래도
쓱쓱 비벼 나눠 먹자

살구나무 붕대

베내려고 꺾어놓은 가지 끝에 핀 살구꽃

끊어질 듯 아슬하게 사랑을 꽃피웠다

그마저 꺾을 순 없어 꼭꼭 싸매주었다

상처도 향기로운 저 사랑 만난 뒤로

정답과 오답 사이 벽이 하나 무너졌다

죽음도 까무룩 잊은 저 단단한 결기 앞에

바람의 연애

햇살의 등을 미는 몸놀림이 민첩했지
파릇한 전율이었어, 꽃잎을 관통하는
구름의 속살까지도 사정없이 헤집었지

잉걸불 지펴놓고 회오리쳐 달아나면
비옥한 영토에도 사막의 새가 울고
천상과 지옥 사이가 그리 멀지 않았어

한순간 머물 수도 잡을 수도 없는 네게
질문과 대답으로 다툴 수 없는 슬픔
무너진 돌탑 아래서 발만 동동 굴렀어

고라니에게 혼나다

살다보면 이런저런 별일도 많겠지만

지나간 겨울에는 멧돼지가 다녀가고 어제는 잔디밭에 고라니가 똥을 쌌다 상추에 쑥갓이며 아욱까지 싹쓸이라 나쁜 놈의 ××라고 신경질을 부렸는데 꿈속에서 고라니가 타일러 말하기를, 아침 햇살 물고 오는 참새가 자연이고 캄캄한 밤 땅을 파는 멧돼지도 자연이다 고라니가 먹이 찾아 민가로 내려와서 채소 먹고 똥 싸는 것 그것도 자연이다 자연을 좋아해서 산 아래에 집을 짓고 전원생활 한다면서 자랑하지 않았었나

자연은 뭔 놈의 자연, 엿 먹어라 이 ××야

2부
고요의 칼을 갈아

잠언箴言

사나운 꿈에 놀라
잠 밖으로 밀려났다

거실엔 모로 누워
숙면에 빠진 시집

흔들어 잠을 깨우자
– 당신, 원본인가요*

* 이광 시인의 시집.

빨래의 인문학

명치끝 시리도록 허공을 감아쥐고
덴바람 다스리는 핼쑥한 묵언 행자

이제는 흔들리지 말자
바지춤을 추킨다

때로는 헐렁하게 가끔은 암팡지게
구겨진 이력들을 펴주고 말려준다

얼룩진 지난밤 꿈도
툭툭 털어 깔끔하게

울음을 꽉 짜내어 더 울 수 없을 적에
빨래는 초연하게 제 자리로 돌아오고

더이상 옷이 아니다
어깨를 건 길동무

고요에 눕다

고요의 칼을 갈아 비늘을 건드리면
소리는 움츠리며 거친 숨을 몰아쉰다

단숨에 소리를 잡는
고요의 놀라운 힘

풀죽은 낮달처럼 스러지는 소리에는
부끄러운 지난날의 변명이 묻어있다

꽃으로 피지 못해서
꽃을 감은 덩굴 같은

철옹의 넘사벽을 꼭 한 번 넘으려고
따가운 채찍으로 나를 키운 소리들아

보아라,
범종소리도
고요 아래 눕는다

문장의 냄새

손금에 달라붙는 태토의 비린내도
불지옥 통과하면 달처럼 순해지지
휑하니 속을 비우고
항아리란 이름으로

두드리고 매만지면 문장도 연해진다
낱말을 으깨어서 찰지게 다듬으면
행간에 잔물결 인다
자모음의 반짝임

매미가 벗어놓은 서늘한 통증 위로
북을 둥둥 울리면서 아침이 건너올 때
여백을 흥건히 적신
달빛 냄새 시큰하다

잠을 위한 발라드

누굴까,
저녁마다 지친 몸을 데려가서
엉클어진 그루잠의 잔뿌리 털어주고

때로는 관능의 샘에
퐁당, 나를 빠뜨린 이

달빛처럼 은밀하게 온몸을 감싸주고
질척이는 흙탕길에 징검돌 놓아주던

구름도 바람도 아닌
사람은 더욱 아닌

누굴까,
새벽마다 혈관을 어루만져
꽉 막힌 별자리의 숨길을 열어주고

싱그런 노래도 하나
머리맡에 두고 간 이

카르페디엠*

책갈피 넘기다가 문득 눈에 들어왔다
발치에 맴돌아도 번번이 놓친 그 말
떠나간 열차가 남긴
바람의 허기 같은

깊은 밤 홀로 깨어 뜨락에 내려서면
때늦은 고백처럼 날숨으로 뱉던 그 말
방짜징 맥놀이보다
파장이 더 길었다

내 안의 굴렁쇠를 돌리는 이 누구인가
주연을 또 놓치고 객석에 맴돌아도
순이야,
나의 문장을
너는 크게 읽어주렴

* carpe diem : '현재를 잡아라'는 뜻의 라틴어.

저 암자에 맡기시라

별것도 아닌 것에 마음이 잠긴 날은 상서로운 구름 걸린 암자로 달려가서 널따란 장독대 옆에 장독처럼 서보시라

한나절 뙤약볕을 온몸으로 받아보면 발효가 무엇이며 얼마나 걸리는지, 익어야 제맛이라는 그 말뜻 알게 되리

곰삭은 메주향이 꽃향기와 어우러져 날숨과 들숨 사이 생기를 돋워주니 웬만큼 서운한 일은 저 암자에 맡기시라

밤을 수선하다

꿉꿉한 아궁이에 군불을 지펴놓고 앙칼진 고양이와 콧날을 맞대보면 굳었던 밤의 표정이 한층 더 물러진다

어둠은 상상일 뿐 원래 없는 거라고 가로등 흰 손길이 고샅길 덧칠할 때 잘 마른 화선지 위로 스며드는 형용사 몇

별밭에 발 들이고 날숨 길게 드리우면 설익은 시간 속에 놓쳤던 이름들이 물병좌 끝자락에서 다문다문 보인다

후회가 맹세에게

온몸에 어둠뿐인 난 없어도 되겠지만
미혹의 강 건너에 너는 꼭 있어야 해
젖어도 날아야 하는
새들의 운명처럼

한소끔 끓고 나면 난 벌써 시든 장미
눅눅한 안개 사이로 꿈틀, 네가 다가오지
동맥의 온기를 따라
더 빠르고 느껍게

기다림은 늘 그렇게 잎새처럼 떨리는 것
숨소리 고르느라 움츠린 너를 보면
두 눈 꼭 감을 수밖에
두 손 다 모을 수밖에

경작일기

겨우내 엉겨붙은 검불을 걷어내고
백지에 고랑 지어 말의 씨앗 심는다
발효된 노래도 한 줌 슬쩍 집어넣으며

허공에 집을 짓는 거미의 눈빛으로
밑줄을 그어 가며 헤집는 봄의 사전
시 한 줄 흙살을 뚫고 파랗게 촉이 틀까

먼저 온 꽃소식에 물관이 부푸는 밤
종장에 혈이 돌고 맥박이 잦아지면
구름도 발길 멈추고 비를 죽죽 뿌리겠지

고발장

또, 무슨 불만인가 밥도 술도 사줬는데

매실주에 달빛 안주 덤으로 얹어주고 노래방 3차에선
취한 채 어깨동무, 내 속 다 까발리고 귀엣말로 속삭일 땐
담배 하나 빌립시다 작은 손을 내밀더니, 석 달째 소식을
끊는 네가 시詩냐 짐승이냐

한 줄만,
부탁을 하니
줄행랑을 저리 치네

ESSE

　굳이 불륜이라 이름 짓진 않았으나

　가는 허리 배배 꼬는 그 교태에 발목 잡혀 점점 더 깊어
지는 입맞춤 뜨거웠어 아찔한 현기증에 지축이 흔들릴 땐
모세혈관 늘어지고 사지가 나른했어 잔인하고 질긴 유혹
꿀처럼 끈적이고 술잔 앞에 앉은 날은 너무 쉽게 널 만졌
어 밥 먹다가 너의 생각, 커피 한 잔 또 네 생각, 숨겼다가
찾았다가 꿈속에서 다시 만나 안아보고 밀쳐보고 이래보
고 저래보고

　이렇게
　질긴 그대를
　버린 지가 오 년이네

장마와 장미

맑은 날은 글쎄다, 흐린 날이 더 많았다

신발을 잃었을 때 억울하게 맞았을 때 하늘빛이 바뀌면서 명치끝이 저릿했다 사랑을 알고부터 빗방울이 굵어졌다 빗물이 앙가슴에 빗금을 긋고 가면 눈물이 비집고 나와 술잔 위에 떨어졌다 내 땅이 마련되고 잔고가 늘어나면 장마도 슬그머니 그칠 줄 알았는데 끝이 없는 이상기후 어질머리 연속이다

내려도
그쳐도 그만
붉게 필 수 있다면

3부
함께 나눈 휘파람

열대야

방사능 오염수를
마실 수 있다 하는

저 말은 깨끗할까
마셔도 되는 걸까

오늘은
밤이 뜨거워
잠도 꿉꿉하겠다

사과

― 하청下請에 대한 느낌

생트림 하면서도
네 몸에 칼을 댄다

속살 다 발라먹고
씨앗은 뱉어내고

한 자루
뼈만 남은 너
눈물까지 짜낸다

분교

급식차 오지 않고
시계는 멈추었다

적막이 돌아앉아
손톱을 물어뜯고

개나리
꽃문을 민다

종소리도 안 났는데

금강산 휘파람

볼우물 가득 고인
수줍음도 길어올려

꼭 한 번 함께 나눈
휘파람,
휘파람 노래

연분홍
그 사투리가
내 손톱 물들이던

집으로

시큼한 병동에서 꽃 한 송이 말라간다

바스락 부서질 듯 비늘이 이는 살결

남몰래 지린 소변에 유행가가 젖고 있다

굽은 등 야윈 몸피, 휠체어에 실린 고집

차마고도 벼랑 같은 또 하루를 건넜지만

당신의 남은 꿈 하나, 현관문을 쑥 미는 것

블랙홀

유령이 다녀간 듯 도시는 방전이다
오존층 찢어지고 황사는 밀려오고
욕망의 회오리바람
밤을 집어삼키더니

- 눈빛으로 말하세요, 악수는 안 됩니다.
- 깨끗이 손을 씻고 영혼도 씻으세요.
- 만남이 급하신가요, 그리움만 키우세요.

비장의 독을 품은 의문의 화살들이
까닭 없이 죄를 묻는 희대의 적벽대전
동남풍 불지 않았다
읽던 책을 덮었다

결빙

칼바람 정초기도 신기하다 하셨지요
머리칼에 주렁주렁 고드름 매달려도
하나도 춥지 않더란 전설 같은 이야기

억새처럼 키가 자란 설렘도 기다림도
눈꺼풀 내려앉듯 수면 아래 가라앉고
살가운 웃음마저도 다 얼어 버렸어요

잇몸으로 삼킨 밥이 자꾸 목에 걸리나요
허기진 노을빛은 창을 마구 두드리고
소금기 저벅한 길이 눈에 꾹꾹 밟히나요

산 그림자 등에 업고 청둥오리 떠났어도
다 닳은 무르팍엔 삭풍이 가득할 뿐
수레는 이미 낡았고 어머니, 속으셨어요

암전暗轉

물기 없는 사내들의 그림자 길어지고
멍울진 살갗 위로 약속은 찢어졌어
발끝에 바스러지는 나뭇잎을 닮았어

출구를 찾지 못해 눈 감은 투명인간
네팔의 폭설보다 사장님이 무서워서
길 잃은 남생이처럼 몸을 돌돌 말았어

희망의 떨켜마저 툭, 꺾여 버린 그날
구겨서 던져버린 장밋빛 코리안 드림
이따금 비닐하우스엔 휴대폰이 울었어

겨울바다 노래방

단아한 뒷모습이 수묵화로 걸려 있다
구겨진 한지 위엔 덜컹이는 황사 바람
길 놓친 연변 노래가
여백을 서성인다

철 지난 풋사랑도 분홍이라 우기면서
목마른 사투리로 감아올린 저 춤사위
펄 속에 빠진 발목이
하현처럼 삐딱하다

수직의 물길 아래, 끊어진 뱃길 앞에
차르르 조약돌은 알몸을 뒤척이고
함박눈 펑펑 내린다
가는 목에 잠긴다

전세

전세가 무어냐고 딸아이가 물었다
우리집 전세냐고 다급하게 되물었다

어색한
정적의 시간,
얼굴 붉어진 엄마

그러면 어떠냐고 담담하게 대답했다
아이가 고백했다 따돌림을 당했다고

창틀의
붉은 노을이
순간 확, 검어졌다

빗속의 춤*

수없이 피고 지는 생각과 생각 사이
활어처럼 번뜩이는 한 마디를 얻으려고
오늘은 물가에 나와 비를 맞고 섰습니다

그대여, 이 빗속에서 우리 함께 춤출까요?
당신의 목소리는 귓바퀴에 머물지만
손끝은 느낄 수 있어요, 눈빛의 반짝임도

바람을 밀어내면 진눈깨비 몰려오고
아슬한 시선 앞에 얼어붙은 등대 불빛
웅크린 그늘을 벗고 먼바다로 가고 싶어요

우리가 춤을 추면 저 비도 춤출까요?
한 걸음 또 한 걸음 화폭을 넓혀가며
싱그런 파스텔톤의 수채화를 그려요

* 청각장애인 스포츠댄스 국가대표(남, 23세)와 장애 전문 어린이집
  원장(여, 60세)이 파트너가 되어 춤추는 것을 보고.

미얀마, 봄

1

수천 불탑 세운 날의 불꽃 같은 염원일까
합장한 두 손에서 물컹하던 햇덩이
바간*의 노을빛 앞에 우린 오래 침묵했다

2

목숨이 아깝다고 꿇을 수 없는 무릎
자유에 목마르고 평화에 피가 말라
어둠의 터널 속에서 별빛은 익어간다

3

언제나 돌아올까, 눈물의 강을 건너
가뭇없이 사라져간 그 깃발 붉은 행렬
곧게 편 세 손가락에 송이송이 꽃을 걸고

---

* 2,000개가 넘는 사원과 탑이 있는 불교 문화 유적지로 유네스코 세계
문화유산이다.

같잖아요

같아요를 너무 많이 쓰는 것 같아요

겨울이 겨울 같지 않고 인정이 옛날 같지 않고 정치가
정치 같지 않고 시詩도 시 같지 않은데 쥐나 개나 같아요
를 이렇게 남발하니 스스로 말 지옥을 만드는 것 같아요
그런다고 같잖은 게 같아지지 않는데 제 느낌은 어디 두
고 같아요로 포장하니

같아요 뒤에 숨는 건 얄미운 것 같아요

4부
메아리가 되어볼까

달 반 물 반

모두 다 안으려고
허리 낮춘 물의 마음

더 멀리 비추고자
높이 솟은 달의 마음

두 마음
하나가 되어
호수는 달 반 물 반

나 이미 나를 잊고
너 또한 널 떠났으니

천 갈래 만 갈래
물비늘로 부서져도

이 세상
한 모퉁이는
환히 밝아서 좋아라

후산厚山*의 가을

찬비에 젖은 날도
도린곁 외면 않고

감나무 속잎으로
나직이 피어나던

저 사람
언덕 한 켠에
나도 단풍 들고 싶다

* 김석인 시인의 호.

그림자

잠시도 네 둥지에 깃들이지 못했으나
눈비를 함께 맞고 사막에도 따라갔다

연리지 운명이라고
내가 나를 다독이며

네 모습 단 한 번도 놓친 적 없었다는
서투른 이 고백이 오늘 새삼 부끄럽다

어두워 안 보인다고?
눈을 꼬옥 감아보렴

말의 변주變奏

1
익지도 않은 말을 곳간 가득 쌓아놓고
한 톨 더 지키려고 칼날을 휘두른다
오늘도 멈추지 않는 혀끝의 병정놀이

2
발효된 고독에는 특유의 향이 있다
할 말을 다 못해서 달빛을 녹인 장독
종갓집 맛의 비결이 그 속에 들어 있다

입적入寂

날숨이 멈춘 뒤에 향기가 증발했다
애초의 다짐처럼 뒤돌아보지 않고

한마디 군말도 없이
바람에 실려갔다

새들도 울지 않고 슬퍼하지 않았다
떠나간 자리에는 낯설은 은빛 고요

남겨둔 약속은 없다
메모지 당부 몇 자

소멸은 통과의례, 목숨의 일상이다
제 깜냥 제 빛깔로 반짝이다 사라질 뿐

내 누이 먼저 간 것을
민들레는 모른다

거울

터럭 한 올, 점 하나까지 다 알고 있으면서
짐짓 모르는 척 시침을 뚝 떼고는
묵언의 푸른 그늘로
감싸주던 한 사람

먼지 낀 기억들과 어지러운 지문까지
쓱 한 번 문질러서 말끔하게 지워주고
영롱한 빛 한 줄기를
내게로 돌려주네

밥보다 더 뜨거운 노래를 지어줄까
잔잔한 저 미소의 메아리가 되어볼까
실금 간 등뼈를 세워
손을 내민 그 사람

안부

눈길은 하늘가에 발목엔 흙을 감고
나직이 휘파람 부는 갈대처럼 사십니까
때로는 옹달샘에다 시린 손을 녹이면서

이름도 묻어놓고 가난이라 웃으시며
솔기 터진 옷자락을 매만지던 두터운 손
그럴 땐 외고집마저 단풍으로 물이 들고

풀벌레 목이 젖는 오두막 툇마루에
처마 끝 풍경소리 한두 잎 내려앉고
오늘은 까만 하늘에 별을 심고 계십니까

조화弔花

울어야 할 자리라면 맨 먼저 달려가지
달려가서 하얀 몸에 울음을 칭칭 감고

맨발의
곡비가 되어
목을 놓고 쓰러지지

고단해도 달려가지, 슬픔이 고인 자리
금강경 한 자락을 등불로 받쳐들고

초행길
살펴가라며
뒤를 환히 비춰주지

몸물

길이란 길은 모두 달려가 보았으나

길에는 길이 없어 길 위에 엎드릴 때

아버지 등줄기 타고 도랑으로 스며들던

그 물은 강이 되어 난바다에 닿았을까

서럽게 솟구치며 여울목 돌아나와

널따란 고래등 타고 크게 한 번 웃었을까

공존

울 일도 웃을 일도
다 끝낸 묏등 위에

잠자리 날아와서
날개를 접고 있다

이승이
저승에 기댄
살가운 소묘 한 컷

쪽잠과 긴 잠 사이
아득한 시간 너머

위문인 듯 조문인 듯
바람이 건너오고

파르르
떨리는 날개
이제 다시 시작이다

쑥

우리 집 마당에는 생쑥이 지천인데
아내가 뜬금없이 한 소쿠리 쑥을 샀다

할머니
눈빛 때문에
불쑥, 저질렀다나

핀잔을 주다 말고 선후를 맞춰보니
오천 원에 산 눈빛이 오만 원의 행복이라

빈말이
쑥, 올라왔다
"한 행복 더 삽시다."

달과 여자

1. 낮달

기울어 가는 이가
기운 이를 찾아가서

저도 이제 기운다고
고백하는 그 자리에

아직도
못 기운 달이
피식하며 내려본다

2. 노을 여자

예쁘지나 말든가
글썽이지 말든가

주홍빛 사연 풀어
앙가슴 저며놓고

다가가
덥석 안으면
한 동이 먹물을 쏟는

낙엽의 뒤켠

봄볕에 멱을 감고 하늘에 비손하던
그날의 푸른 약속 아직도 생생한데
바람이 휘몰아쳐서 손을 그만 놓쳤어

실핏줄 얼어버린 새까만 동토의 밤
이따금 소쩍새가 물어오던 그 달빛도
차가운 돌덩이 되어 천길 아래 떨어졌어

선덕을 얻지 못한 지귀의 마음처럼
기다린 시간보다 심장은 뜨거워서
차라리 네 발끝에서 부서지고 싶었어

5부
저 향기를 벨 순 없지

밧줄
— 이생규장전*

재 너머 높고 큰 산

산 넘어 멀고 긴 강

강 건너 꽃 피는 담장

담장 아래 두 그림자

죽음도 풀지 못하네

인연이란 저 밧줄

* 김시습이 쓴 '금오신화'에 나오는 5편의 한문 단편소설 중 하나로 이생
  과 최랑의 생사를 넘나드는 사랑 이야기를 담고 있다.

모음의 큰소리

너희들 자음들아
잘난 척하지 마라

어디 한번 해보렴
혼자서 설 수 있나

우리가
곁에 없으면
말 한마디 못하면서

연향蓮香

목은 이미 꺾였어도
꼿꼿이 세운 허리

죽어서 꽃으로 온
사육신이 얼비친다

왕조의
칼날이라도
저 향기를 벨 순 없지

팽목항

사람은 안 보이고
물결만 넘실대네

물결은 안 보이고
울음만 철썩이네

끝내는
풀지 못했네
엉켜버린 저 리본

간월암

애당초
그대 꿈은

알몸의
소금인형

난바다에
갈앉아도

한 오리
원망 없는

보름달
둥근 가슴도

서슴없이
내어주던

황진이

내 안에
네가 자라
철없이 키가 자라

밥도 일도
잠도 꿈도
다 가려 버렸는데

언제쯤
나는 네 안에
자리 하나 펼칠까

폐사지에서

빛 고운 자취 하나 풍경으로 앉아 있다
적막의 끝자락에 만져지는 향의 여운

낯익은 목탁소리가
초석 위를 구른다

달빛은 섬섬하게 빈터를 쓸어주고
아직도 끝나지 않은 그 겨울 달빛 축제

설익은 침묵 하나를
지붕돌에 올린다

다리밟기
— 진천 농다리에서

둥글고 밝은 웃음 강물 위에 떠오르면

꿈결인 듯 다가가서 슬쩍 밟은 아씨 치마

발끝에 향기가 스며 콧날까지 알싸한데

늘어진 솔가지에 달빛을 걸어놓고

떨리는 주먹손엔 그 이름 움켜쥐고

내 맘의 하얀 울음이 발만 동동 구르던 밤

4월을 품다

어디로 떠났는지 소식조차 알 수 없던
그녀가 돌아왔다, 4월의 초입에서
두 볼이 말랑말랑한
앳된 모습 그대로다

단숨에 들쳐업고 그늘로 들어가서
머리칼 빗어주며 휘파람 불어본다
까르르 자지러지며
산은 허리 젖히고

안부도 못 전하고 잊고 산 날 많았는데
바람의 길목에다 등을 환히 밝혔구나
꽃보다 숨결이 더운
너를 와락, 껴안는다

얼굴
— 2022.10.29

나는 내 아이를 눈 뜨고 만져보고
맹인은 눈을 감고 얼굴을 만지는데

서울의
김 선생님은
허공을 또 만지네

손 뻗어 만져봐도 잡히지 않는 얼굴
지문이 다 닳아도 못 지울 이름 석 자

울음이
강물 속으로
첨벙, 몸을 던진다

상화相和의 여인이 되어

내 등의 짐이란 짐 모두 다 내린 후에 다가오는 또 한 생엔 나도 여인이 되어 뜨겁고 서러운 시를 탕약처럼 달여먹고

각혈로 얼룩졌던 그의 행적 보듬어서 불타는 노을빛에 슬픔 다 비벼넣고 바람의 중심에 서서 희망가를 불러주리

침실에 드리워진 커튼을 걷어내고 살가운 봄 햇살이 마당에 가득한 날, 무릎에 그를 누이고 새소리도 들려주고

되찾은 들녘에서 청보리 물결칠 때 부르튼 발바닥에 향유를 발라주며 두 번은 울지 말자고 손가락을 걸어보리

산祘*아, 그만 일어나라

산祘아, 그만 일어나서 울음을 그치거라
한세상 사는 일은 파도 열 섬, 눈물 세 말
궁궐도 엄혹한 산중, 켜켜이 벼랑이다

수시로 가시울에 긁히고 찢기어도
실상은 늘 그렇듯 바람 앞에 옷을 벗지
뿌리 속 아린 통증이 면류관의 시작이다

들추면 허물이고 덮으면 은혜이니
장부의 길목에서 지청구는 금물이다
만백성 아비가 되어 크게 품어주어라

갓밝이 새소리는 밤을 밟고 건너온다
언저리 헤살 따윈 곁눈조차 두지 마라
지존은 천둥소리도 꿀꺽 삼켜 버리는 법

* 사도세자의 아들인 조선 제22대 정조대왕의 이름.

데네브

우주엔 천억의 은하, 은하엔 천억의 별
그렇다면 우주의 별은 천억 개의 제곱
지구는 먼지보다 작은데 슬픔은 별보다 많지

매품도 못 팔고 온 흥부의 귀가처럼
울음이 뭉게뭉게 피어나는 골목 어귀
절망도 사치라면서 무릎 꿇은 풀잎들아
내딛는 걸음 걸음 날숨조차 버거울 때
고개 들어 백조자리 꼬리별을 만나보게
천육백 광년을 달려 지구에 닿은 별빛

견우와 직녀 사이 손을 잡아 이어주고
영혼의 부름켜에 훈김을 쏘아주는
데네브,
하늘 정원에
먼저 와서 기다리지

활달豁達한 상상력과
서정이 밀어 올린 꽃대의 자존

정용국(시인)

활달豁達한 상상력과
서정이 밀어 올린 꽃대의 자존

정용국(시인)

1. 글을 열며

한반도는 작고 그나마 산악이 국토 면적의 70%를 차지하고 있어서 사람이 살기 힘든 지역이라는 말을 우리는 너무도 많이 듣고 자랐다. 더구나 지구 북반구의 극동에 위치하여 동절기가 길고 기온 변화의 폭도 상당히 커서 농작물의 재배는 물론이고 인간이 기후에 적응하며 생활하기에 힘든 곳이라 할 수 있다. 춥고 산악이 많은 지역에 인간이 거주하기 시작하면서 생존을 위한 고군분투가 오래 이어졌다. 추위를 견뎌내기 위한 온돌이 개발되고 기후 특성

상 짧은 성장기에 결실할 수 있는 다양한 품종의 개량과 농작물의 저장 방법도 창안되었다. 한반도에서 생존하기 위해서는 첫째로 부지런해야 한다. 짧은 하절기에 동절기를 버텨낼 수 있는 식량과 의복, 그리고 땔감을 비축하지 못하면 긴 겨울의 안녕을 장담하기 어렵기 때문이다. 장구한 시간을 버티며 한반도에서 생명을 부지하기 시작한 모든 생명체들은 혹서와 냉해에 강한 품종이 전래되었고 인간도 극한을 이겨내는 강한 생존력을 갖춘 민족으로 특화되었다고 해도 과언이 아니다.

생물은 자신이 처한 모든 환경에서 생존하기 위한 노력을 게을리하지 않는다. 기온과 습기에 적응하는 것은 물론이고 바람과 토양에도 최적화하여 결국은 살아남기 좋은 완벽한 자신의 개체를 확립하게 된다. 더욱이 인간은 자연환경에 대해 적응하고 다른 사람과의 마찰과 불화에서도 최선을 다하여 개선해 내고야 만다. 지금까지 지구상에 존재하는 사회제도에는 이것을 확보하기 위해 헌신하고 희생된 인간의 노력과 신념이 깃들어있다. 민주주의는 물론이고 노동조합이나 국제협약의 근저에는 수백 년에 걸친 인고와 화해의 그림자가 서성대고 있는 것을 우리는 감명 깊게 느낄 수 있는 것이다.

가령 정의라는 명제의 뿌리에도 불평등과 불화가 강력한 원인으로 작용하며 혁명의 배후에도 투쟁과 희생의 그림자가 진하게 투영되고 있다는 것은 현실에 대한 인간의 극복 의지가 극명하게 선양宣揚되었다고 볼 수 있다. 유선철 시인의 원고를 숙독하다가 이러한 광폭의 생각들이 발현發現한 것은 그의 많은 작품에 투사된 사유가 '시' 또는 '시인'이라는 근본에 대해 도저한 반성과 성찰이 깊게 자리하고 있었다는 것에 대한 나름의 분석에서 출발하였다고 볼 수 있다. 한반도에서 진취적 삶을 꾸려내고 불화에서 정의와 민주주의를 일궈낸 인간의 지난至難한 걸음처럼 시의 근본에 열정을 투사하며 개성이 강하고 분방한 상상력을 꽃피우려는 유선철의 노력이 돋보이는 작품에 깊은 공감이 다가갔기 때문이었다. 누구라도 시인이라면 당연하게 그러한 개인의 심도 있는 자각이 있게 마련이지만 유선철의 경우는 더욱 새롭고 진지하게 시조에 투사되었기에 유미唯美하고 싶은 매혹이 강하게 다가온 것이다.

2. '시'에게 묻고 '시인'에게 답하다

2012년에 등단한 유선철 시인은 8년이 지난 후에야 『찔레꽃 만다라』를 출간하며 「심안의 지혜를 얻기 위한 묵중한 질문」(이달균 시인 해설)을 시조단에 던지게 된다. 지천명의 나이에 등단하여 이순에 출간했던 첫 시집이었는데 "별들의 안부를 묻고/ 꽃술에 한 뼘 더 가까이 가면/ 검은등뻐꾸기처럼 울 수 있을까"라는 유난하게 심미審美적 발상이 담긴 자서를 읽으며 그가 걸어온 실천적 삶의 궤적

과는 대비되는 감상이 진하게 다가왔다. 이달균 시인은 해설 말미에서 "다양한 존재들을 따라 때론 북풍에 흩날리는 봉두난발을 만나기도 하고 먼 이국의 지평선을 떠도는 허허로운 구름을 상상하기도 한다. 그 행간을 오가는 변주들을 귀를 열고 들으며 다시 객관적인 독자로 돌아왔다. 그 성취를 향해 걷는 길에 동행하고 싶다. 벌써 두 번째 시집이 기다려진다"라며 글을 맺었다. 해설자가 기다려진다던 두 번째 시집 원고를 읽고 나니 오랜만에 좋은 작품을 만났다는 느낌에 마음이 뿌듯하였다.

향기도 온기도 없는
강퍅한 삶의 궤적

좌우를 살피다가
때를 놓친 고백까지

빗물이 스미는 행간
울음 꾹꾹 눌러둔

- 「시집」 전문

그렇다. 생은 재미있고 신나는 일보다는 외롭고 힘겨운 일상들이 훨씬 많다. "향기도 온기도 없는" 그저 목숨을 부지하려고 신산한 언덕을 숨찬 걸음으로 올라간다. 겨우 어려운 문제 하나를 해결하고 나면 다시 새롭고 더 어려운 문제가 달려든다. 이 언덕을 넘으면 환한 평화가 기다리겠지 하며 나아가도 평화는커녕 고된 절벽이 기다리는 경우가 허다하다. 그래서 시인은 아마도 "강퍅한 삶의 궤적"이라고 하였나 보다. 막다른 골목에 다다라 "좌우를 살피다가" 기회를 놓치고 세상의 핀잔을 듣는 경우도 많다. 늘 '좌우'로 갈려있는 사회의 잣대는 가늠하기 쉽지 않아서 기회주의자로 누명을 쓰기 쉽고 자칫 지조가 부족한 인간으로 낙인찍히기가 다반사이다. 손가락질을 받거나 엄지척을 들었어도 "때를 놓친 고백"은 잊지 못하게 마련이다. 이렇게 울퉁불퉁한 길을 걷고 넘어진 기록이 '시'가 아니겠는가. 그래서 시집은 "빗물이 스미는 행간"이 마땅하다. 햇볕이 잘 들지 않고 바람도 드나들지 못하는 구석에는 누구에게도 고백하기 어려운 "울음 꾹꾹 눌러둔" 곰팡내 나고 비릿한 눈물범벅이 된 "시집" 한 권 남아있는 것이리라. 시집을 이렇게 보고 나니 그것은 바로 '인생'이라는 말로 바꾸어 놓아도 적당한 의미로 감지된다. 그러나 인생이 이게 다는 아니어서 난관의 끄트머리나 절벽의 틈 사이로 따사롭고 향기로운 빛과 바람이 드나들고 때로는 고난도 꽃이 피어 지친 삶을 달래주며 미래의 넓은 강물을 보여주기도 한다. 그 짧은 향기와 빛의 힘으로 다시 힘든 비탈을 넘게 되는 것이다. 시는 힘에 겨운 이의 등도 두드려주고 어깨동무도 해가며 무거운 짐을 거들어주는 게 그의 희망이자

임무라고 해두자. 유선철이 갈구하고 집착하는 시에 대한 질긴 애착은 그래서 더욱 푸르고 옹골지다고 할 수 있다.

겨우내 엉겨 붙은 검불을 걷어내고
백지에 고랑 지어 말의 씨앗 심는다
발효된 노래도 한 줌 슬쩍 집어넣으며

허공에 집을 짓는 거미의 눈빛으로
밑줄을 그어 가며 헤집는 봄의 사전
시 한 줄 흙살을 뚫고 파랗게 촉이 틀까

먼저 온 꽃소식에 물관이 부푸는 밤
종장에 혈이 돌고 맥박이 잦아지면
구름도 발길 멈추고 비를 죽죽 뿌리겠지
　　　　　　　　　　　　 –「경작일기」전문

　앞서 운을 뗀 '시집'의 궁벽함과 부정의 의미에서 활짝 문을 열어젖히고 있다. 비록 "겨우내 엉겨 붙은 검불"과 "허공에 집을 짓는 거미"는 어둡고 부정적인 상황이었지만 이내 두 상황을 급반전시키며 시는 활짝 어깨를 펴고 일어선다. 시제가 암시하듯 "경작일지"는 긴 시농사의 기록을 예감하게 한다. 농사일은 짧은 기간에 단순한 노동으로 이루어지는 것이 아니라 인간의 공력과 자연의 보살핌

이 버무려져야 이루어질 수 있는 신성한 작업이라고 할 수 있다. 마치 시를 쓰는 일이 인간의 열정과 신성의 교신에 의해 성취할 수 있는 거룩한 염력이라고 말하는 듯하다. "발효된 노래도 한 줌"에서는 자연의 효모가 제 역할이 해 주어야만 가능한 일이니 어찌 인간이 이루어낸 일이라고 감히 말할 수 있을까. "먼저 온 꽃소식" 또한 인간의 소관이 아니라 위대한 자연이 해줄 수 있는 성스러운 영역인 것이다. 그러니 시를 쓰는 일도 시인이 "백지의 고랑에 말의 씨앗을 심"고 나서 "구름도 발길 멈추고 비를 죽죽 뿌"려 주어야만 가능한 성스러운 영역의 작업으로 인식하게 만든다. 그런 후에 두 주체의 합이 맞아야 "종장에 혈이 돌고 맥박이 잦아지면" "시 한 줄 흙살을 뚫고 파랗게 촉이 트"는 것이리라. 시인과 하늘이 어우러져서 시가 피어난다는 상상력은 유선철 시인 감성의 폭이 얼마나 넓고 깊은지를 추측하게 하며 "밑줄을 그어 가며" 수없이 "봄의 사전"을 "혜집"었을 그의 정열에 놀라고 만다. 시인으로서 유선철이 추구하는 바와 표현의 대상으로서 시조를 비유한 부분은 새 시집에서 상당히 많은 곳에서 직시할 수 있다.

〈전략〉
좌우로 몸을 흔들면
산란하는 무지개

〈중략〉

기우뚱, 흔들린 중심

풍덩 빠져 버린 사랑

〈중략〉

맨발로 꽃대를 밀어

꽃봉오리 앉히는

       – 「연화지 연잎에는 눈물이 반짝인다」 종장들

거리의 통점들은 여지껏 물큰한데

떠나간 시를 찾아 한 달도 더 헤맸다

이제는 네가 날 불러

어르고 달랠 시간

                 – 「물의 시간」 부분

두드리고 매만지면 문장도 연해진다

낱말을 으깨어서 찰지게 다듬으면

행간에 잔물결 인다

자모음의 반짝임

                – 「문장의 냄새」 부분

   다양한 생각과 느낌으로 시를 추적하고 발려보고 애증
과 편애의 감정으로 들여다본 편린들이 여기저기 널려있

다.「연화지 연잎에는 눈물이 반짝인다」의 종장들은 유선철이 바라본 유연하고도 분방한 '시'의 다른 모습이라 해도 무방하다. 그의 시조는 "산란하는 무지개"로 솟아오르기도 하다가 "기우뚱, 흔들린 중심"으로 물에 풍덩 빠져버리기도 한다. 그러다가도 종당에는 "맨발로 꽃대를 밀어/꽃봉오리 앉히는" 야무지면서도 당찬 면모로 현신現身하고 있는 것은 얼마나 지고한 시조의 발현인가. 또한 "떠나간 시를 찾아 한 달도 더 헤맸다"며 "이제는 네가 날 불러/어르고 달랠 시간"이라는 고백은 실소를 금할 수 없을 정도로 소탈하고 순진한 표현이다.「문장의 냄새」는 마치 소나무로 집을 짓는 모습을 연상시키는 작품이다. 크고 작은 기둥과 대들보와 서까래 등을 "두드리고 매만지"고 "찰지게 다듬으면" 튼실한 집이 되듯 "문장"도 그렇게 하면 "행간의 잔물결인다"라고 한 것은 시에 대한 굳은 신망을 드러낸 표현이다. 마치 크고 작은 목재는 "자모음"으로 환치되어서 각자의 위치에서 지붕을 받치고 당당하게 서 있는 위상으로 대견하게 다가온다. 잘 지어진 한옥 한 채와 시조 한 수는 여기서 등가물인 것이리라.

3. 서정의 언덕을 넘어 지성의 꼭대기에 오르다

순수와 참여의 논쟁은 문학에서만 존재하는 것은 아니다. 모든 예술 장르는 물론이고 종교나 사회의 다양한 분

야에서도 그 효용과 정당성에 대한 논박은 항상 시비를 가리게 되어 있으며 이는 지극히 당연하고 자연스러운 행태라고 생각한다. 인간이 성인으로서 자신의 논리와 입장을 당당하고 조리있게 표현하기까지는 다양한 성장 과정과 환경이 영향을 미치게 된다. 전태일이 근로기준법을 가슴에 안고 자신의 몸에 석유를 끼얹고 분신하기까지의 과정은 한마디로 표현하기 어렵다. 수운이 참수당할 것을 예견하고도 시천주 조화정侍天主 造化定의 사상을 당당하게 설파할 수 있었던 근저에는 아주 섬세하고도 단호한 개인의 결단과 시대의 물결에 휩싸여 있었다. 반면 이완용이 늑약을 주도하고 황제를 능멸하며 국권을 넘기고도 권세와 장수를 누리다 죽었다는 사실을 어찌 설명할 수 있겠는가. 사후에 매국노로 지탄을 받았지만 그의 일생은 화려했고 거침이 없었다. 개인의 사상과 그의 활동에 대한 시시비비는 동전의 양면과도 같이 지극하게 상대적이다. 다만 어느 특정한 '시각과 안목'을 갖추기까지 한 인간을 압도했던 환경과 태생적 요소가 아주 교밀巧密하게 작용하였다고 유추할 뿐이다. 그리고 그가 우리 사회에 영향을 미친 여러 가지 업적이 객관적이고 화평한 시각으로 보아 정당한 시대적 가치를 구현했는지 그 여부가 중요하다고 생각한다.

시는 시인의 모든 지식과 사상이 집약된 결정물이다. 그래서 시인은 자신의 행동과 작품의 내용이 배치되지 아니하여야 할 뿐만 아니라 어떠한 비판이나 정당성에 대한 입장에서도 자유롭고 당당해야 한다. 유선철은 자신이 처한 사회적 문제에 예민하게 반응하고 정당한 행동에 나서기를 주저하지 않는 사람이다. 여기서 '정당한 행동'에 다시 이의를 제기하는 사람도 있을 것이다. 그러나 시인이 어떤 가치나 판단에 믿는 바를 표현하고 행동에 나서는 근저에는 자신의 지식과 신조가 강하게 작용하였을 것이니 세상의 비판도 달게 받을 각오쯤은 하였을 것이다. 그러나 유선철의 시는 그의 행위나 주장에 비해 상당히 유연하고 광폭의 시각을 견지하고 있으며 서정의 포근함도 늘 잊지 않고 있다.

하늘을 쪼고 있는 가늘고 연한 부리
솜털 같은 어린 새의 심장을 보았어요
차가운 별빛을 물고
움켜쥐던 그 다짐도

부름켜 쓸어안고 울먹이던 지난 겨울
늘어진 그림자를 헤집던 산바람이
돌아와 숨결입니다
가는 목을 감싸는

실핏줄 더워져서 문득 생生이 궁금할 때
촉촉한 고요 속을 맨발로 걸어나와

봄 한 철 울다 가세요
내 뜨락의 주인처럼

            - 「목련에게」 전문

    서정의 정수를 보여주듯 시의 외양은 '목련'의 자태와 시인의 속내가 서로 어우러져 교감하는 유려하고 살가움이 흘러넘치는 작품이다. 우선 아주 자상하고 다정한 화자의 시각이 도드라진다. "하늘을 쪼고 있는 가늘고 연한 부리/ 솜털 같은 어린 새의 심장"은 목련이 피기 전에 솜털에 쌓여 있는 꽃눈의 모습을 이리도 애절하게 그려놓다니. "부릅켜 쓸어안고 울먹이던 지난 겨울"과 더불어 '목련'의 깊고 우련한 내면의 묘사까지 완벽하다. 결국 "차가운 별빛을 물고 / 움켜쥐던 그 다짐"으로 지사志士의 면모를 갖춘 이미지로 격승格昇시키며 확장된 모습을 보여주고 있다. 이렇게 서정성이 짙고 유려한 느낌을 주는 작품이지만 조금 더 깊이 있게 작자가 내세운 상징과 저변의 상황을 구체화해보면 "움켜쥐던 그 다짐" "돌아와 숨결" "실핏줄 더워져서"등에서 전해지는 감성은 목련이 자기에게 닥친 고난과 시련을 이겨내고 꽃을 피우는 우뚝한 열정과 지조가 성큼 다가오는 것이다. 그리하여 끝내는 겨울을 견디고 "촉촉한 고요 속을 맨발로 걸어나"온 목련에게 자신의 '뜨락'을 내어주며 "울다 가세요"라고 곡진한 초대장을 내미는 마무리는 독자들의 가슴을 뛰게 한다. 울다 가라는 시

어는 얼마나 따뜻하고 솔직한 초대의 말인가. 그 속에는 '내가 너의 모든 슬픔과 걱정을 다 받아주고 이해해줄게' 라는 포용과 배려가 한가득 들어있는 말씀이기 때문이리라.「목련에게」는 서정의 산을 넘고 포용 같은 따뜻함을 지닌 채 지성의 꼭대기까지 치달아 오른 역정歷程의 표현이라고 할 수 있겠다.

물기 없는 사내들의 그림자 길어지고
멍울진 살갗 위로 약속은 찢어졌어
발끝에 바스러지는 나뭇잎을 닮았어

출구를 찾지 못해 눈 감은 투명인간
네팔의 폭설보다 사장님이 무서워서
길 잃은 남생이처럼 몸을 돌돌 말았어

희망의 떨켜마저 툭, 꺾여 버린 그날
구겨서 던져버린 장밋빛 코리안 드림
이따금 비닐하우스엔 휴대폰이 울었어

－「암전暗轉」전문

불법 체류 이주노동자에게 과연 어떤 일이 벌어진 것일까? 무대에 불이 꺼지고 숨이 멎듯 사위가 극도의 긴장감으로 가득 찬다. 잠시 후 아무 일도 없었다는 듯 다시 조명이 살아났을 때 무대 위에 펼쳐진 장면은 너무도 살벌하고 막막했을 것이다. "멍울진 살갗 위로 약속은 찢어졌"고 "출구를 찾지 못해 눈 감은 투명인간"은 이미 "희망의 떨켜마저 툭, 꺾여 버린" 허망한 상황이었으니 "장밋빛 코리안 드림"은 이미 "구겨서 던져버린" 막장에 다다라 있었겠다. 시의 배경이 구체적으로 표현되어 있지는 않지만 펼쳐진 여러 정황으로 보아 아주 극악한 사건이 벌어졌다는 것을 직감할 수 있다. "네팔의 폭설보다" 무섭다던 사장님은 아마도 이주노동자의 불법 체류를 미끼로 그를 죽음의 구렁텅이로 몰아갔을지도 모른다.

시인의 눈과 귀는 하냥 낮은 곳에 머물러야 한다. 그래야 어두운 구석도 보이고 "이따금 비닐하우스"에서 주인을 잃어버리고 혼자 우는 '휴대폰' 소리도 들을 수 있는 것이다. 지금도 지방에는 "물기 없는 사내들의 그림자 길어지고" "바스러지는 나뭇잎을 닮"은 주눅든 모습들이 수없이 많지만 그들은 잘 알지도 못하는 코리아의 법망을 피해 "길 잃은 남생이처럼" "몸을 돌돌 말"고 가쁜 숨을 내쉬고 있을 뿐이다. 밝은 눈과 귀를 가진 사람이기 때문에 시인이 짓는 시가 위엄을 가질 수 있으며 암전되어 잠시 세상이 캄캄하고 어지러울 때에도 세상의 중심이 될 수 있는 것이리라. 넓고 예민한 접시 안테나를 장착한 유선철의 귀에는 지금도 "길 놓친 연변 노래가"(「겨울바다 노래방」 부분) 서성이고 "꼭 한 번 함께 나눈/ 휘파람,/ 휘파람 노래"

(「금강산 휘파람」 부분)가 떠들썩하게 들려올 것이다. '목숨이 아깝다고 꿇을 수 없는 무릎/ 자유에 목마르고 평화엔 피가 말라/ 어둠의 터널 속에서 별빛은 익어간다"(「미안마, 봄」 부분)고 들어주는 이 아무도 없어도 광장에 나가 마이크 굳게 잡고 큰소리로 외쳐보는 것이다.

4. 세상 갈피에 접어둔 사람들의 노래

순수와 참여의 논쟁이 아무리 치열하게 부딪친다고 하더라도 시에 있어서 서정과 정신은 언제나 정답게 버무려지는 것이 시의 속성이다. 둘 중 어느 하나만 중요한 것이 아니어서 둘은 등을 돌릴 수 없는 시의 주요 장치요 주인공이다. 더 나아가 이 두 요소는 서로를 격려하고 보완하여 시의 높이를 지성의 꼭대기에 밀어 올리는 상생의 가치라고도 할 수 있다. 그러니 어쩌면 순수와 참여의 다툼은 연인들의 사랑싸움에 지나지 않는 달콤한 재미라 해야 할지도 모르겠다. 유선철 시인의 작품은 두 장치 중 어느 하나에 치중하지 않으며 서로가 친하고 상보相補의 관계를 잘 유지하고 있다. 의젓한 서정이 올곧은 정신을 밀어 올려주고 둘은 지성의 꼭대기에 다정하게 앉아 있는 모습은 여러 작품에서 보여진다.

눈길은 하늘가에 발목엔 흙을 감고

나직이 휘파람 부는 갈대처럼 사십니까
때로는 옹달샘에다 시린 손을 녹이면서

이름도 묻어놓고 가난이라 웃으시며
솔기 터진 옷자락을 매만지던 두터운 손
그럴 땐 외고집마저 단풍으로 물이 들고

풀벌레 목이 젖는 오두막 툇마루에
처마 끝 풍경소리 한두 잎 내려앉고
오늘은 까만 하늘에 별을 심고 계십니까

          – 「안부」 전문

 어느 누가 읽더라도 마치 자기에게 보내온 편지를 받은
것 같아서 포근한 정감이 깊게 다가오는 절편이다. 소박과
만족이 손을 잡고 평범한 사람은 도저히 굴러갈 수 없는
길을 살포시 가벼운 걸음으로 내딛는 편지의 수신인은 누
구일까. "눈길은 하늘가에 발목엔 흙을 감고" 이렇게 살기
란 범부의 수준에서 참 요원한 바램이니 당사자가 부럽기
만 한 상황이다. "가난, 두터운 손, 외고집, 풍경소리"가 구
구절절 각운처럼 어울려서 "풀벌레 목이 젖는 오두막 툇마
루에" 오도카니 나앉아 계신 신선 같은 성자가 "오늘은 까
만 하늘에 별을 심고 계"신 모습은 거의 수묵이나 담채淡彩
로 일순에 그어 내려간 신선도가 아닐까. 그래서 붓의 기

교는 가없이 자유롭고 수묵이 빚어낸 정경에는 도도한 정
신의 깃발이 펄럭이는 현장에 서 있는 것처럼 외경스런 기
상이 서려있다.

> 베내려고 꺾어놓은 가지 끝에 핀 살구꽃
>
> 끊어질 듯 아슬하게 사랑을 꽃피웠다
>
> 그마저 꺾을 순 없어 꼭꼭 싸매주었다
>
> 상처도 향기로운 저 사랑 만난 뒤로
>
> 정답과 오답 사이 벽이 하나 무너졌다
>
> 죽음도 까무룩 잊은 저 단단한 결기 앞에

- 「살구나무 붕대」 전문

　사람이 사는 세간에 "정답과 오답"은 무의미하고 "상처
와 사랑"이 서로 한편일 수도 있는 경우가 허다하다. 사람
들은 사소한 의미로 수없이 많은 "벽"을 높이 쌓아두고 대
립하거나 서로를 배제하며 살아간다. "끊어질 듯 아슬하
게" 꽃을 피운 나무도 대단하지만 「살구나무 붕대」를 "꼭

꼭 싸매"준 "향기로운 저 사랑"은 천사가 아니고 무엇이랴.
나무도 사람도 "죽음을 까무룩 잊은 저 단단한 결기 앞에"
서는 경계가 무너지고 생사를 초월하는 것이다. 나무의 생
장에 도움이 되지 않아 "베어내려고 꺾어놓은 가지"에 거
룩한 생명의 손길을 뻗친 시인과 꺾인 가지 끝에서도 죽을
힘을 다하여 꽃을 피운 나무는 등신불로 환생한 지조 높은
사람과 부처의 이미지가 확연하다.

　　　　내 안의 굴렁쇠를 돌리는 이 누구인가
　　　　주연을 또 놓치고 객석에 맴돌아도
　　　　순이야,
　　　　나의 문장을
　　　　너는 크게 읽어주렴

　　　　　　　　　　　　　　　　－「카르페디엠」부분

　　　　내 속 다 까발리고 귀엣말로 속삭일 땐 담배 하나 빌
　　　립시다 작은 손을 내밀더니, 석 달째 소식을 끊는 네가
　　　시詩냐 짐승이냐

　　　　한 줄만,
　　　　부탁을 하니
　　　　줄행랑을 저리 치네

　　　　　　　　　　　　　　　　－「고발장」부분

밥보다 더 뜨거운 노래를 지어줄까

잔잔한 저 미소의 메아리가 되어볼까

실금 간 등뼈를 세워

손을 내민 그 사람

- 「거울」 부분

위의 세 작품을 읽고 나면 유선철 시인이 얼마나 평소에도 작품에 몰입하며 사는지 알 수 있다. 광장에 나가 몸을 맡길 때도 있지만 정신은 늘 바쁘게 시조로 돌아온다. "주연을 놓치고 객석에 맴돌아도" "석 달 째 소식을 끊는" 경우라 할지라도 "나의 문장"과 "한 줄"에 집중하는 모습은 처연하지 않은가. 깨진 거울 앞에서도 "실금 간 등뼈를 세워/ 손을 내민 그 사람"을 잊지 못하며 "밥보다 더 뜨거운 노래"를 갈구하는 사람이 아닌가. 사물의 어느 모습에서도 인간의 심성과 가치를 고양하려는 의지야말로 시인의 특장이라고 말할 수 있다. 이쯤 되면 그의 시에서 서정과 정신을 따지는 것은 무의미한 일이다. 한 줄 글로 치자면 색불이공色不異空이고 공불이색空不異色에 다를 바 없다.

5. 글을 마치며

유선철 시인의 두 번째 시집을 읽으며 그에 대한 많은

선입견이 사라졌다. 또한 순수나 참여문학 같은 세간의 개념도 무너졌고 좌우로 나눠 대립했던 정파적 편집도 흐려졌다. 활달한 상상력과 깊은 서정이 밀어 올린 그의 시가 가르쳐 주었다. 세상의 모든 사물을 하늘처럼 받든 수운 선생의 시천주侍天主를 다시 만나는 느낌이었다.

극진하게 모시는 시조에 대한 열정과 사랑이 작품 곳곳에 스며 있는 꽃대는 튼실하고도 아름다웠다. 등단 십 년이 지나 나오게 된 유선철 시인의 두 번째 시집은 이미 이달균 선생이 예견한 대로 기대에 어긋나지 않았다. 그의 넉넉한 마음과 다감한 품이 돋보이는 작품 한 편을 되뇌며 설레며 써 내린 벅찬 글을 마친다. 온 세상이 「향천3리」 비빔밥 같았으면 좋겠다.

> 이제는 초대하자 떠돌이별 시든 꽃도
> 허벅진 달빛 아래 된장국 끓여놓고
> 여리고 시린 노래도
> 쓱쓱 비벼 나눠 먹자
>
> ─「향천3리」 부분